一人份的島

劉梅玉

目錄

【推薦序】

純藍色的人在一人份的島

葉 莎

　　許多年前，我曾在吳哥窟的暮靄中遇見一位僧人，他身上的袈裟和黃昏同樣色澤，坐在河畔雙眸望向遠方，一語不發，那情景讓人難以忘懷，當時我深信每個人身上都有一件無形的袈裟，帶領我們遠離世俗，走向內心最深的寧靜。後來我在梅玉的詩中發現一座孤獨的島，四周遼闊的海，穿越不停翻湧的薄青色的表面，可以進入心靈的安歇之處，也就是我們生命的內在，那裡有神秘的植物不停長出來，葉片明朗或憂傷。若是妳有足夠的能力寫成文字，那必定就是詩！

　　對於梅玉這樣的女子，我很難用一句話形容，她的繪畫具有其獨特的個人色彩，獲得許多人的喜愛，她的詩作瀰漫著一種馬祖島上獨有的霧之朦朧和孤獨，雖然我認識的她，個性極為單純，然而她的詩讀來卻細膩深邃而多感。梅玉說：「我慢慢覺得自己已經變成一座島，是那一種當月亮升起，背上草原會亮起一人份的島。」

　　這本歷經兩年才完成的島嶼書寫，裡面有她的迷人畫作，詩圖集總共分為五輯，梅玉說：「每一個部分都是最貼近我心靈的側錄，就好像五個出口，讓海島的人生有了可以向前航行的鑰

匙，我不再懼怕命運為我打開的門，書中的作品有描述島上生活的變與不變，希望小島在變的時候，能繼續保持她的單純之美。身為一個離島創作人，給了我侷限也給了我無限，我們成長的養分註定與城市人不同，尤其是環繞在四周的海，帶我赴向遠方又再度回來島上。」

這本詩集中有梅玉對馬祖島上諸多的深入觀察，並描寫島的細微改變，馬祖的濃霧也在詩中不時浮現，她在「之後的島嶼」這一輯中，寫下飛機場關場所導致的候機症候群，寫下馬祖的濃霧，那讓島上的居民又愛又恨的產物，在〈失去的島嶼〉和〈小島〉這兩首詩中，懷抱著對島嶼未來環境的憂心，而母親的故鄉大埔村在〈母親的島〉這首詩中走出來，對於當下的疫情，梅玉又是如何書寫呢？讀者可以細細在詩句中追索，撿到一些咳嗽和長方形。

我十分鍾愛〈薄青色的女子〉這一首詩，原因是看似輕描淡寫的詩句中，梅玉正透露著最真的自己；「體內的血液有一大片海／時常浮出橄欖灰的島／色塊是遺失的物件拼湊而成／她因此滯留在那裡」海的鹹味又讓我想起淚，詩人要描述自己總是隱晦又隱晦，許多不說的哀傷和幽暗，都成了心中橄欖灰的島，生命的色塊盡是記憶的片段拼湊而成，她終究沒有離開那座她最愛的島，即使我在島的對岸對她不停招手！詩與繪畫於她是無法單一存在的，讀者很容易在她的詩中發現繪畫的相關元素，又很容易在她的繪畫中發現詩中的意象。在第二段中她寫：「被許多遠方染色／她常用的顏料一直很孤僻／偏愛的天空是布紐爾式／錯置

與荒謬的雲／飄移在現實與超現實之間」，梅玉因為較偏重於內心層面的書寫和超現實主義大師導演布紐爾的作品一樣，總能輕易牽動讀者的心情並發人省思；生命中無數的錯置與荒謬，曾經來過又飄散，如霧一般，看似虛無飄渺，卻足以割痛記憶，梅玉就這樣一直活在現實與超現實之間。詩的末段寫「觸鬚是焦慮且多疑的／容易被世界所傷／練習無數次／從老舊頑固的傷痕裡撤退／她慢慢長出／更多自己的顏色」，詩人的觸鬚如此敏銳，總是被世界所傷，如何從傷痕裡撤退？那是高深的求生技巧，唯有被傷過的人才能學會！

　　讀梅玉的詩，很容易在詩句中發現「尖」、「刺」「痛覺」等字眼；「尖」意指物體細削銳利，「刺」又擅於扎入或直擊，這樣的字眼為何會常在詩中出現呢？例如：

〈慢性的藍〉
「那裡的外海是尖的／容易割傷純藍色的人」
〈那天的後達達與碎片〉
「撕裂的毛邊很刺／並且產出陌生的痛覺」
〈某房間〉
「曾經有著尖刺感的現場／還在交感神經裡」

　　每一首詩其實都藏著詩人內心極其私密的故事或感觸，梅玉就是那個純藍色的人，了解一位詩人並不容易，但真正的詩人每一句詩都極度坦誠，讀者未必真能明白詩人在真實世界中尖刺的

由來，但必定在詩中讀到詩人的痛覺！

　　另外讀者也很容易在梅玉的詩中發現「簡單」這樣的形容詞，雖然近幾年來追求極簡生活已經成為時尚，也就是降低物慾，拋棄繁瑣，極力奉行簡約的生活，崇尚儉樸且追求靈性；但我認為，梅玉除了淡看物欲，其實更嚮往的是人與人之間的簡單真誠的對待關係。例如：

〈最近的大寫〉
「那些歪曲壞掉的文明／重新長出／簡單的眼睛」
〈極簡的事件〉
「經過那麼多的毀損／還是選擇／回去最初的時刻／我們緊貼著／更舊更簡單的時光／成為極簡的人」
〈出走〉
「剝開城市的主動脈／她想簡單的離開」

　　這本詩集中還有其他「凹陷」、「斷裂」或是「廢棄物」「修補」等慣用的詞語，強烈凸顯詩人看待世界的視野和不說的願望！詩是詩人心靈的映照，無法在真實世界實現的夢想，只好藉由詩為自己開闢一條心靈的大道，雖然這大道虛擬無相，書寫時的一瞬，誰說它不曾存在？

　　繼梅玉已出版的《向島嶼靠近》、《寫在霧裡》、《耶加雪菲的據點》等詩集之後，這本詩集《一人份的島》，無庸置疑的是梅玉寫詩技巧更臻純熟的一本詩集，在馬祖她孤獨的創作，從

簡潔的詩句中透過自我剖析，呈現對島嶼巨大的關懷與愛。尼采說：「誰終將聲震人間，必長久深自緘默；誰終將點燃閃電，必長久如雲漂泊。」也許聲震人間並不是梅玉所追求的，點燃閃電的鋒芒也不是她所嚮往的，但我深信在如繁星眾多的詩人之中，她終將擁有最永恆迷人的光彩！

島是海與世界的鑰匙

——序劉梅玉詩集《一人份的島》

靈歌

　　出生於東引，定居於南竿，一生島嶼半世海。用詩洗淨漂流，以畫安頓身心。出版過三本詩集的梅玉，這第四本個人著作，一首詩一幅畫或攝影的詩圖集，文字內斂節制，圖像風格獨具，展現島與海的迷人景致。

　　「這本詩圖集總共分為五輯，就好像五個出口，讓海島的人生有了可以向前航行的鑰匙」，梅玉自述創作的感觸。孤獨的小島，因為海浪的共振，傳遞到世界，以意象的文字，獨特的彩筆，匯演的鏡頭，多媒體成就這本精彩詩集。

　　梅玉的詩，大都為十五行上下的短詩，意象豐富，情感澎湃中見節制，總是淡淡的哀傷自語詞中滲出再浸潤我們閱讀的心與眼。

　　輯一的「裡面的空洞」，第一首詩〈慢性的藍〉，寫純樸海島逐漸受外來的侵襲而變化：「那裡的外海是尖的／容易割傷純藍色的人」，「多義的廢棄物／在島上存放暗啞的謎」，「有些原始的空白／被人填寫外來的語句」，「讓一座島的聲帶／長出海色的繭」。舉重若輕，對於時代的變遷，島嶼慢性的轉變，有

憂慮，也有誠摯地接受，在易感的心中。

　　梅玉的內心，有著休火山一般的溫熱，有些故事在昔日睡著了，又有時失眠著。這首〈某房間〉，居住過誰的青春，又關閉著誰的靈魂，偶而不察，又打開怎樣的感情深井？像這些詩句，宛如海岸的微浪，輕輕拍響：「在遺忘的中間／逐日荒蕪的鑰匙／打不開房間裡的我們」。「曾經交換過的私人密碼／已成壁癌，漬點，誤解的謎」。「門口面向你的海，裡面／長滿龍舌蘭科的愛情」。「曾經有著尖刺感的現場／還在交感神經裡」。「曾經被你打開的窗戶／變成我獨自看管的缺口」。如此隱晦的感情敘事，竟讓我讀來心疼。

　　〈最近的大寫〉寫疫情：「我們都有鑰匙／但打不開病變的門／被管制的肺葉們／還想呼吸被隔離的愛」。〈聚乙烯的藍〉寫海洋遭受塑膠製品的汙染：「長度小於五公釐的悲傷／滲入微塑膠時代／許多物種輕易沉沒」。〈薄青色的女子〉寫孤島上自己的心境，與外在廣闊多變世界中的抵抗與調和：「被許多遠方染色／她常用的顏料一直很孤僻／偏愛的天空是布紐爾式」，「從老舊頑固的傷痕裡撤退／她慢慢長出／更多自己的顏色」。〈雨夜裡的軍人〉寫懷念往生的父親：「試圖再次走進／童年的薄青色軍區／再一次／在人間的暴風雨中／遇見父親的眼睛」。

　　輯二「異色之地」，記錄作者多年前去歐洲十幾個國家上美學課的雜記。第一首詩〈布波族的荒原〉寫波西比亞和布爾喬亞的矛盾與融合：「在布爾喬亞式的容器裡／她陷入無所不在的廢墟感」，「波希比亞的月光是透明的／照著矯飾的場景／有時她

會想起／總是清澈且簡單的黑暗」。〈柏林圍牆〉寫：「他們終於越過了荒謬的界線／推倒那堵長長的謊言」，但是有形的圍牆推倒了，無形的圍牆又在世界各地戰火中重建：「經過眩目七彩的塗鴉牆／有些深邃的眼睛看見／同樣的牆還在不同的他處蔓延」。其實，台灣海峽何嘗不也是一堵深而漫長的鴻溝之牆，近來天天侵擾我領空的對岸戰機，彷彿潛伏的猛烈砲火陰影著我們不平的心。〈給達比埃斯〉，則是向西班牙美術史上的大師達比埃斯致敬，他對作者的整體藝術創作影響深遠，尤其是在攝影作品上：「你用時間當塗料／將荒涼種在畫布上」，「有著容易脆化的自己／試圖抵達／還未有人到達的邊界」，「那些被打開的人／慢慢倒出他們的時光」。

輯三「**之後的島**」，是外裹內涵著書名《一人份的島》的一輯，詩題有「島」字的就有六首之多，幾乎占了這一輯的半數，舉列於下：〈一人份的島〉，〈島日子〉，〈小島〉，〈島上的咖啡筆記〉，〈失去的島嶼〉，〈母親的島〉。而其他的詩作，也都是描寫海與島的生活種種。〈小島〉：「這島嶼透明且善變／被多數盲目的浪潮沖襲過／許多沙灘也失去了／自己的邊線」。寫出島嶼環境變遷的隱憂，在〈失去的島嶼〉中也有相似的呼應：「母親住的房子／越來越重／我住的島越來越輕／在稀有的夢境裡／我們也曾追回／一些折損的家園」。馬祖不再是戰地，成為國家公園，或許觀光帶動島嶼經濟，但也影響了昔日自然生態與純樸地景，詩人的憂慮，卻也難以改變時代的變遷。

輯四「**城市藍**」，寫的是台灣本島都市的景觀與環境，在離

島生活半輩子的詩人，與大自然早已融為一體，對於都市中的人與物，空氣與環境，虛假與疏離，感受特別深刻，詩作裡許多反諷與無奈，都是詩人敏感的轉發，似乎啟發我們，又似無可奈何的吶喊。試讀這幾首詩——

〈人造物〉：「持續被餵食陰影之後／她的盒子裡／累積的黑暗板塊／變得完整」。〈出走〉：「剝開城市的主動脈／她想簡單的離開／都市櫥窗裡／水泥的愛持續進行著」。〈虛假的公園〉：「夏日昏暗的遊樂園／飄著塑膠材質的笑聲／天然的孩子們／從光亮溜滑梯上／將人造童年滑下來」。〈轉譯〉：「不誠實的地平線／有著寓言般的遷移／真誠的路徑在冷漠世界／一次又一次的消失」。〈她的咳嗽〉：「吞嚥了幾個城市之後／許多文明的雜質／在她的肺葉裡流竄」。這些詩都深含警世之言，都期待棒喝。然而，人們對於經濟永無止盡成長的追求，對於物慾十倍速成長的虛幻，忽視大自然的反撲，不只是海洋生物食物鏈中塑化劑的危害人體，對於核能的恐懼，轉而大量擁抱，本已停止的火力發電，造成空氣汙染急遽惡化，PM2.5 隨侍每個人的肺部。

輯五「她和他的灰藍色」，灰藍色，是混色。詩集《一人份的島》，寫的是藍色的海，〈薄青色的女子〉和〈慢性的藍〉。那灰色呢？作者不揭露，也僅僅輕輕碰觸後即刻收回。這一輯，讀得出作者內心的語言，有寄託遠方，或者往昔，有自言自語的療傷。詩人善於意象，善於隱喻轉折，不足的，又藏進畫筆彩墨，或者鏡頭遠近推拉。我不標示詩題，將這些深含心意的語詞

收集，讀者不妨自己在輯五中尋訪探索：「寂靜的木製語彙／無聲息地擱淺」，「爸爸的畫像很模糊／始終描不出精準的輪廓」，「影像是有刺的／路徑時常被虛設／吐出的謊言高度易燃」，「時光還在老舊相片裡／成為一張張的深淵／翻開都是懸崖」，「始終擱置在那裡／他的昨日一直沒有上岸」，「太平洋的風／把窗簾晃動成灰紫色／像是你曾送過我的／那一種錯誤」，「疼痛是有根鬚的／不斷發芽」，「填補過缺損的自己／是偽裝的完整」，「將僅有的角色／一分為二／在無法平衡的平衡桿上／不斷的修改自己」。

　　梅玉這第四本詩集，用字遣詞樸素，不炫技也不走驚人之語，節制內斂中，彷彿平靜無波的海面下，水族繽紛舞泳。我們目光集中，深切，探索出洋流般遼夐的光影。文字川流於畫面，意境轉換，鏡頭捕捉修飾，另有風景活跳與沉靜。一本文字，畫筆，鏡頭的交響，讓我們無盡著迷。

輯一
裡面的空洞

慢性的藍

那裡的外海是尖的
容易割傷純藍色的人
滲進來的微量海洋
在他們血管裡
忽上忽下

多義的廢棄物
在島上存放暗啞的謎
沿著海岸線
他們築起明亮的話語

穿透性的潮汐
連接火山岩的耳朵
暗黑礁石附著在耳膜裡
像時間的標本
被世界吞噬過的餘燼

在部落與部落的路徑上
有些原始的空白

被人填寫外來的語句
而那種巨大搖晃的字痕
讓一座島的聲帶
長出海色的繭

那天的後達達與碎片

剪開下午兩點零五分
的界線
舊有的敘述被裁斷
熟練的，形容詞
失去了邊界

有部分的，碎片
讓彼此的圖像變得陌生
無法指涉的片斷裡
一切變得更加完整且安靜

撕裂的毛邊很刺
並且產出陌生的痛覺
然後，封閉的領土更加遼闊
隨機且偶發的細節
沿著那天的午後
變成一種精準的荒謬

某房間

在遺忘的中間
逐日荒蕪的鑰匙
打不開房間裡的我們
斑痕寫在牆垣上
成為模糊失焦的敘述

靠近被棄置的場景
內容物已經變形
曾經交換過的私人密碼
已成壁癌，漬點，誤解的謎

門口面向你的海，裡面
長滿龍舌蘭科的愛情
我將過時憂鬱反覆檢查
試圖找回衰竭的線索
曾經有著尖刺感的現場
還在交感神經裡

空白已經很遠了

但你留下的凹陷處
依然緊貼著身軀
曾經被你打開的窗戶
變成我獨自看管的缺口

最近的大寫

有些通道斷裂了
無法再次回去原來那一邊
幼小的世界
在深淵裡安詳地睡著

我們都有鑰匙
但打不開病變的門
被管制的肺葉們
還想呼吸被隔離的愛

病毒來得很快
以致世界變慢了

那些歪曲壞掉的文明
重新長出
簡單的眼睛

聚乙烯的藍

吞下的海是致命的
剖開胃裡的文明
裡面誤食許多
塑膠的寓言

長度小於五公釐的悲傷
滲入微塑膠時代
許多物種輕易沉沒

在淡漠的便利裡
大面積的海洋被改寫

全新的存在與荒謬
充滿末日碎屑
他們的藍無法分解
而塑化的愛還在持續

薄青色的女子

體內的血液有一大片海
時常浮出橄欖灰的島
色塊是遺失的物件拼湊而成
她因此滯留在那裡

被許多遠方染色
她常用的顏料一直很孤僻
偏愛的天空是布紐爾式
錯置與荒謬的雲
飄移在現實與超現實之間

還保有一些舊有膚色
在新生皮囊上
混色成溫和的模樣

觸鬚是焦慮且多疑的
容易被世界所傷
練習無數次
從老舊頑固的傷痕裡撤退

她慢慢長出
更多自己的顏色

阿爾法的海

那個碼頭總長三十年
在固定的水泥牆裡
她啃蝕青苔和凝固的部分
缺損的港口逐日硬化
失去溫柔的尺寸

有人帶走最初的海洋
始終沒有回流
而留下的藍灰色
還在身軀的窟坑裡
不定時的漲潮

他們共同遺失的一切
只有單向的尋覓
凝望缺口的瞳孔，長出
虛構的堤岸
她的海岸線，因此
出現誤差
所有遠方失去了焦距

兩座互相平行的海域
擁有各自的潮汐
失去音訊的被棄物
躺在，只有
她一個人滯留的區塊上

她房間裡的女孩們

一直想抵達的地址
被惡水浸漬
無人聞問的水位
在她與世界的溝渠之間

背光處的房間
有些黑暗不易分解
幾扇窗戶
是日常的遠方

她們不斷翻開邊線
拋擲老舊的建材
在新的房間裡
日復一日
長成自己或別人的模樣

窄化

被光欺騙的人
在有路燈的公共道路上
留下變暗的腳印

寬版的孩子
放進成人特製的尺寸裡
變得越來越狹長

輕輕擠壓他們的外殼
流出淺薄的哀傷
被填塞的內在材質
使易於服從的人
成為逐日縮減的版本

鑲嵌在臉上的眼神
跟某些混濁的風景一樣
無法辨識
所有現成物的真實輪廓

他們在頑固的尺裡面
忙碌的走來走去
走成一條條
窄窄長長的信仰

極簡的事件

鎖好的盒子在夜裡

沿著昏暗的梯子

滾落下來

擊中夏日的多巴胺

跟著八月流動

炎熱的地圖

一些落單的消波塊

使人凝固的物件

改變內部形狀的那種外力

童年的長蕚瞿麥

攤開海風與你

經過那麼多的毀損

還是選擇

回去最初的時刻

我們緊貼著

更舊更簡單的時光

成為極簡的人

雨夜裡的軍人

夏日的雨經過身軀
沖刷著老兵們的巷弄
有人已經離開
我們共同居住的街景

被風雨不斷搖晃的夜
穿著軍服的上尉
從記憶的內部掉出來
將整個雨夜塞得滿滿的

我輕輕地搖醒
五歲的自己
穿著母親縫製的迷你軍服
在你的憲兵隊前徘徊

試圖再次走進
童年的薄青色軍區
再一次

在人間的暴風雨中
遇見父親的眼睛

在 2019 年暑假的颱風夜裡，聽著雨聲敲著窗玻璃，想
著一年多前，這個家裡還有父親，想起父親的老兵朋友們，
還有他曾工作過的東引憲兵隊，遙遠記憶裡穿著迷你軍服的
自己，奔跑在那個再也回不去的軍區……

雜記

黑色星期五的第二天
很多沉迷在數字裡的信徒
感覺從深奧的厄兆中
輕易地逃脫

她居住的鄉間下著暴雨
雨聲沿著電話線
淋濕他乾燥的城市
他們同時發現
雨季、凶兆與多巴胺的關聯

討論著預言與猜測
偶發的死亡以及再生
他們從名字裡逃出又返回
然後變得更輕
更不相信那些被相信的

生滅

污濁之水大量流過
她小小的涅槃
有些永恆損壞了
無處可以安置及修補

裁剪過的黃昏
被浸泡在巨大水患裡
變得渾沌且笨重
她不斷削減
還裸露在世間的自己

反覆擦拭
慣性被浸濕的那些

塵埃是微細的
容易沿著呼吸毛孔
擾亂她每日的不生不滅

幾種可能的誤讀

拿了一本全新的書
放在舊眼睛裡
書頁翻開的聲線
被老去的讀音磨擦著

有幾行容易脫落字句
他們寫下的真實
並不牢固
輕易被新的語句覆蓋
然後，變成被遺忘的說法

劃下嶄新的重點
紅色的線曲曲折折
就像最近的世界
順著相信的句子劃去
卻出現一大段
虛擲且徒勞的記錄

一首寫實的詩

右邊哄著畫筆睡去

左手清洗著全家的日常

衣架上的字句還未晾乾

臥室裡的孩童們

還在不停地攪拌黑夜

牛奶潑在剛完成的畫布上

滑下幾行黏膩筆觸

混著汗液和渾濁瞳孔

流進疲憊的毛孔裡

零碎的自己

竭力地從短暫縫隙穿過

她們的彼岸越來越薄

而此岸越來越厚

Ps：寫給那些單親或類單親的女性創作者

茶褐色的地板與平衡桿

寫了三分之一的日記
放在他們的貼身行囊裡
魔術道具、小丑的臉、塑膠花
他忘記帶走的自己
一起擱置在共用的遊樂場

她眼睛裡的月光
有些暗淡
照在夜晚的地板上
發出茶褐色的亮

從這裡出發到他的那裡
他們一路搖搖晃晃
直到把彼此嘔吐出來
那些在夜裡
寫不下去的空白頁
才慢慢的安靜下來

雨天裡的窪地

六月的痛覺非常遼闊
被忽略的房間逐日衰竭
昨日的家俱荒廢了
浸泡在等待與霉味的空格中

在多雨潮濕的時間裡
她的纖維跟植物習性一樣
有些細微易衰的觸覺
日復一日的長大

沿著水滴的路徑
進入那些凹陷的腹地裡
寂寞在海平面之下
沒有任何的訪客
老舊的傷痕一直很安靜

記憶的地殼變動著
他們不斷凹陷

無人聞問的窪地
只剩下季節的雨聲
一聲接著一聲
敲擊著凹下去的版圖

後記：記憶的地殼不斷變動，有些版圖凹陷了，無法再回到
原本的模樣，那些永遠消失的人、事、物，變成一種
慢性的侵蝕，在窪地裡反覆地發作……

童年的尖塔

走進麻布色裡的山城
月白尖塔中有她微小的童年
年幼的海在塔身晃動著
灰藍的浪潮聲
不斷漫過記憶的岸

昏暗褪色的圖框裡
女巫模樣的黃昏
包覆著女舞者的軀體
她將自己溶進茉莉黃的秋日

亮面的山城在地圖曲折處
光靠回憶無法抵達
而另外半邊的陰暗面
是胸腔內無法痊癒的病徵
那座童年的塔
隨時會塌陷成一根尖銳的刺

之後的河流

經過那一場夏日告別
她缺失的領土裡
迸出一條嶄新的河流
裡面挾帶著他與她
曾經重疊的部分

枯水期時，一切都是乾澀的
回憶平靜且不流動
暫時不會被失控的河水
意外地沖刷

而暴雨的那種灰
無法抵抗的崩流時刻
水流總是無預警的高漲
輕易淹沒他們
所剩不多的堤岸

陰刻線

多年以前的隕石
砸在她年幼的土地
留下的回音
都是凹的

熟悉的親人們
養了大面積的窪地
在家的中間
裡面有片鹽沼
倒映著冰冷的姓氏

很早就懂的離開
陷下去的家，她知道
在凹陷與凹陷之間
那些斑痕
都是愛的陰刻線

輯二
異色之地

布波族的荒原

久病的夜變得更纖細
瘦小的真實
慢慢鑽進說謊的土壤
在布爾喬亞式的容器裡
她陷入無所不在的廢墟感

軀殼內互相拉扯的病因
缺口已經不明顯
無人去懷疑
他們易於流動的對立

波希比亞的月光是透明的
照著矯飾的場景
有時她會想起
總是清澈且簡單的黑暗

在華美及安全的日常
寬闊的荒廢之地
不斷召喚

深藏於暗處的種子

大部分的黑夜
她抱著最親愛的荒蕪
躺在修改過的房間
單薄的被褥
覆蓋著
那些長期失眠的荒原

春日裡的旋轉

這一次的換季適合亮色系
長期寂靜無聲的種子
試圖開口訴說
他們被擱置的故事

她的植株開始旋轉
輕輕挪動春日的腳步

冬眠太久的枝芽
需要幾首自轉的舞曲
往靈魂的方向轉
將多出來的自己轉出去

在局部的伊斯蘭天空
踏著蘇菲教義的舞步
她是個容易搖晃的異教徒
多疑且服從地旋轉著

薩阿塔兒

應該是十一世紀的聲音
從古老的波斯響起
敲著有些隱性的
回音比較長的陰天

他的右手撥著
總是沉默的自己
左手按住靈魂的另一側
琴頸長長的
伸入所有表層的耳朵

用熟練手法
彈撥並不熟練的今生
當琴弦撥著北印的土壤
一個接著一個的低音
讓靈魂裡的纖毛
往恆河那個方向振動

火紅色的阿胥‧高爾基

一場貧瘠之火
燒傷了亞美尼亞的夢
許多超現實的居住地
立體派的軀殼
都化成異鄉的焦炭

練習過無數次
飢寒交迫的明日
從年幼的母喪現場
不斷逃離又返回
試圖爬出往事的凹洞

他的自動性技法
還殘留著殺戮的肌理
火紅色的憂鬱
在他的畫布上燃燒
那些灼燙吶喊一直很安靜
在時代的夾縫中
他卑微的畫筆一直被擠壓著

註：阿胥·高爾基是亞美尼亞裔的美國畫家，被譽為當代抽
　　象表現主義的先趨，行動畫派的第一人。在土耳其人大
　　舉侵略亞美尼亞時，一家人流亡到美國，母親在流亡途
　　中餓死，一生都在悲劇的陰影下存活，1946 年一場大
　　火燒了他的繪畫工作室，許多創作付之一炬，之後創作
　　了一些火紅色主調的作品，一系列名為「痛苦」的畫
　　作。

阿赫瑪托娃的夏日

她懷疑涅瓦河上的天空
祖國是不能說明的
剩下翅翼與禁忌
寫在時代的安魂曲裡

燭淚在日子裡流淌著
不斷掀開整個民族
留給她的灼傷

阿克梅的夏季
在墓碑與監獄之間擺盪
人民與真理是模糊的
受難的月亮
高掛在黑鐵的土地上

1935 的涅瓦河邊

黃昏是警醒的
瑪魯斯囚車像黑色寓言
輾過母親的額頭
在眉與眉的凹陷處
命運的雪水奔湍而下

西伯利亞的夢在暴風雨中
紅墻邊，坦白的詩歌
被掐住真實的聲帶
謊言遮蓋住一個國家
勇敢的嘴型
熄滅在火槍口下

刑期是無法測量的
死亡與離別被禁止發聲
母親與孩子對望，隔著一座監獄
他們眼中的星芒是灰的
倒映在 1935 年的涅瓦河面

夢裡的格爾尼卡城

她的夜時常是備戰的模樣
在夢的領土裡
所有武裝總是徒勞
無法抵禦地毯式的惡意

有些轟炸異常徹底
擊潰了最堅硬的黑夜
夢境裡避世的土壤
竟不能長出真實的綠野

像那座曾是焦土的
格爾尼卡城
巨大謊言
空襲一座城市

集體迷失的荒謬
虛構的信仰攻進她的城
毀壞異教徒的圍牆
以及那些薄弱的明日

虛擬的草原

霧裡的鼠灰綠
來自五月的西伯利亞
在廣闊的腹地上
有人大量繁殖
他們偏愛的憂鬱品種

在藍眼睛的東側
懸掛在湖泊之上的星星
在無法遠行的房間裡
安靜的亮了起來

無人路過的黑夜
許多被遺忘的草原
被棄置在這裡

他們的綠色是虛假的
而裡面的植株
盲目又真誠的盛開著

柏林圍牆

最初是鐵絲網的刺
圍住虛胖的主義
後來的混凝土變成
長達 167、8 公里的謊言

堅硬地跟世界抗辯
攀爬了 28 年
他們終於越過了荒謬的界線
推倒那堵長長的謊言

許多人撿拾瓦解的主義
分析著碎片般的信仰
有人在歷史的黯黑肉身上
留下自由的刺青

經過眩目七彩的塗鴉牆
有些深邃的眼睛看見
同樣的牆還在不同的他處蔓延

給達比埃斯

舊的痕跡留在荒廢的外殼上
被刮開之處
裸露出部分寓言的內裡

你用時間當塗料
將荒涼種在畫布上
採收的符號
放進饑餓的眼睛裡面

有著容易脆化的自己
試圖抵達
還未有人到達的邊界

隱喻是非定形的
微量哀愁隨機分佈
那些被打開的人
慢慢倒出他們的時光

輯三

之後的島

一人份的島

海很藍的那天
在 vodka, lemon, peach 的混合處
我看到有人從肋骨
出發，帶著共同的病徵
經過從前的我們

替海岸線描邊的午後
藍白的堤岸，明亮色調
把一座島的傷疤
嚴密的圍起來

有少部分的人真實走進
島的外面與裡面
試圖縫合
缺損的藍色頁面

提拉米蘇特調的咖啡店
被剖開的病與愛
搭配著快嗑完的夜晚

規律詭辯的海濤聲
滲進昏昏欲睡的文字裡

她的艾綠色

整個午後都被刨成
細末狀的檸檬皮
橄欖綠的巴莎諾瓦
讓一座村莊輕輕的搖晃

伯爵戚風氣味的巷弄
把黃昏拉得很長
晚歸的人吹起暖色的海
向黑夜而寫的手稿
有著奶酒咖啡的形狀

在苔綠與豆黃之間
是她私釀的色票
貓薄荷，雀扇，白銀珊瑚
慢慢把街景
拼成一條艾綠時光

島日子

有些物件
是被刻意丟棄的
包括那一段，冗長的
跟雨季有關的街道

備忘錄裡的，細節
已經被忘記
我留在都市裡的島
失去藍色的邊框

多風的居所
他們使用的語言
常常是搖晃的模樣
我們練習平衡
在虛弱的地平線上

其中一次的相遇

夜裡的肚臍很凹陷
順著闇黑通道
可以抵達年輕的母親
那時，她正孕育著
清晰的下一代

久違的的子宮裡
羊水隨著安眠曲輕輕搖晃
閉上眼睛，可以聽見最初的母親
安撫著最初的孩子

是誰剪斷那條帶狀記憶
讓愛的陸塊漸漸消失
她逐日忘記所有的子嗣
無法再次喚出世間的名字

總是用陌生眼神
盯著曾經愛過的臉龐
被她遺忘子女們，有時

只能沿著記憶中的臍帶
找尋遠去的母親

小島

因為是微弱的
他們僅能用片面的海
交換一些世界
怯懦魚群
吞了幾口夜的泡沫
就長出幾排畏光的鱗片

相信太多虛構的遠方
錯誤的月光、礁石和堤岸
他們大部分都曾經迷路
在標誌清晰的地圖裡

這島嶼透明且善變
被多數盲目的浪潮沖襲過
許多沙灘也失去了
自己的邊線

島上的咖啡筆記

琉璃繁縷的午後
有些句子沿著海綠的島
慢慢滲了進來

被烘烤過的天空
在核果拿鐵上跳躍著
咖啡色的眼睛
圍繞著字首與字尾

太妃糖奶油的聲音
是群青色的海洋腔調
這個季節的毛孔容易收音
他們的聲響，被翻釋成
不同音色的島嶼

有些粉紅灰的情緒
碾碎在摩豆機的研磨聲裡
收集在盒子裡的回音
不斷地在某些寂靜時刻響起

手沖後，深褐色的咖啡渣
像烘焙過度的愛情
傾倒出的殘留物
散發著錯別字的味道

失去的島嶼

沿著昨日的樓梯
向下走，終於找到
母親的窗口
從那時的眼睛望出去
我們的島還很真誠

我與時間一起蹲下來
直到跟童年一樣高
是否就可以
索取幾顆單純的糖

母親住的房子
越來越重
我住的島越來越輕
在稀有的夢境裡
我們也曾追回
一些折損的家園

月光下的據點

薜荔往家的方向攀爬
晃動了夜晚
月光從哨兵眼眸流出
寫下幾行瘦長的淚
卻無法寄出

穿著軍綠色的衣服
他變成一種假性的鐵

在島嶼的身軀上
寂寞哨所
水泥、苧麻與咸豐草
逐漸長成據點的臉

靜物

天空藍的瓶子，曾養過海
季風吹過焦慮的岸
枯萎植株飄向沒有邊的遠方
昨日的纖維
在黑夜裡呼吸著

總是安靜的島內
沒有合適土壤
所有種子
都包著寂寞的殼

沿著記憶葉脈攀爬
有些葉綠素的愛
始終無法長成光的模樣

第二次的廢墟

老家在濃墨的下游
被浸泡得更黑了
屋簷在孤伶伶的季節裡
長出幾顆無聲的洞

家人遺忘的窗戶
還在同樣位置
等著每日的微光
點亮空屋裡的等待

雨水泛濫的時候
淹壞年久失修的門
成堆的廢棄物
堵住了
一個家的出口

四月的地表

霧改寫了行程表
遠方的愛情一直被延誤
深夜裡點燈的窗戶
他們的等待是玻璃材質

耽溺於赴約的人
被不斷地塗改之後
也變成一張張
善變的機票

執著在濃霧中出發的
擅長迷路
他們說話總是模糊
而撤退的地圖總是清楚

給十月的女子

出發去我們的海
這次真的，可以再靠近
過去誤解的源頭
十月的水泥色庭院
有些痕跡，試圖趕上記憶

女子擺設時光與母親
因讀懂愛的形狀，而感傷著

她從此岸寫到彼岸
因為失去才重新擁有的那些
也因為破裂才完整的那些
走遠，才能理解的段落

重讀過去的晨昏和家園
微鹹的時間 沾在我們圓形鱗片上
一起出發，去十月的海
那裡必然有妳想要的浪濤

旅途

一個人的草稿
只有私密潦草的字跡
裡面的密語
沒有被世界發現
它們有比較自在的臉

妳離開我的書寫後
我常把文字寫成單獨的島
沒有港口的那一種
之後的日子
不再關心海的顏色

不想詢問天上的鷗鳥
前方的天空如何
一切都是淡然的緣故
一切也都是濃郁的緣故

母親的島

剝開記憶的膜
母親的大埔村變得清晰
沿著秋末的魚路古道
我走近，她輕淡的鄉愁

石屋的門是等待的樣子
往前走，童年的海
還是母語的聲調

老家住著別人的名字
貪婪的雜草
長在歸鄉路徑上

我望著她老去的臉
裡面有一座淡淡的島
就像她淡淡的眼睛

輯四

城市藍

人造物

翻到六月這一頁
他們集體寫下腥紅色
暗啞的血液
流入歷史的下水道

溫和的字句
被粗糙的人類擦掉
留下空白的黑洞

持續被餵食陰影之後
她的盒子裡
累積的黑暗版塊
變得完整

暗黑的天空下
有人還在尋覓可燃物
試圖點燃
那些不會發光的人

出走

剝開城市的主動脈
她想簡單的離開
都市櫥窗裡
水泥的愛持續進行著

有人從文明縫隙處逃脫
他們的背影
並沒有被仔細解讀

車站時常是脆弱的
許多腳步聲
讓離別變得很大聲
匆忙向前奔走的人們
輕率地丟棄原本的風景

隱士

被時代的內裡所傷
他們游走在人類的邊緣
用固執的信仰
居住在各式各樣的主義裡

曾被所有的名字困住
像懷疑一個多霾的早晨
車聲忙碌地
駛向徒勞的稱謂

不斷拋棄自己的房間
離開安全的道路
他們走到文明的外面
只為了在文明裡面
劃一條深深的警戒線

虛假的公園

夏日昏暗的遊樂園
飄著塑膠材質的笑聲
天然的孩子們
從光亮溜滑梯上
將人造童年滑下來

月光穿透懸浮微粒
抵達人工草皮
孩童們毫無防備
呼吸著逐日虛假的空氣
人造花的氣味

混在城市的微風裡

仿真的綠葉上
有著不透光的水滴
他們日復一日
學著錯誤的永恆

速寫練習

方格化的時光，在城市裡
一格接著一格排列
那裡的記憶是方形的
並且易於分類

對抗直線的部分信徒
並未從彎曲路徑得到救贖
另外那些，攜帶著善變的鑰匙
打開貌似方正的鎖

他們速寫生活的外形
而一些隨機亂掉的筆觸
精準地畫出
歲月正確的比例

傍晚 6 點 45 分的數學課

算錯的時鐘在教室響著
許多孩童的眼睛
並沒有看懂時間的模樣
他們年幼的筆
卡在時針與分針之間

光陰持續錯誤
紅色的線，一次又一次
把不準時的數字圈起

有人講解時光的應用題
年長的那些學生們
試圖從時鐘
嚴謹的格子內爬出去

黑白塗鴉課

隨手塗畫之後
整個世界都安靜下來
被縛住的那一些
太過服從的，線條
不再是喑啞的

許多偏灰、歧義的塊面
佔據太多的日常
想在自己紙上
塗著誠實的黑與白
把外面的界線劃得清晰點

點和線沉寂下來
繞著無聲無色的居所
在破損之處
她逐日圓滿起來

轉譯

是一種板塊練習
沉下去的那些部分
讓最近的陸地變得警覺

不誠實的地平線
有著寓言般的遷移
真誠的路徑在冷漠世界
一次又一次的消失

下陷之後的那些
有全新的缺口
陌生的地殼
在她的裡面隆起

部分的午後

被一座城市切割過後
零碎的尺寸，剛好
可以放進一本
剛剛醒來的書籍裡

重新拼音，把世界再讀一遍
曾經騙過我們的字句
已經在時間裡變得誠實

那些被翻譯的告白
依舊有著可疑的版本

有一部分的語句故障了
沒有可以替換的翻譯
只能沉默讀著
書本外面
那些剩下的午後

刻意偶發的其他

向標誌不明的前方
無目的航行
卻得到理想的航線

總能在僵硬的全部
找到柔軟線索
雜訊太多的文明
世界逐漸已讀不回

關上習慣的燈
所有的生活都暗了
那些人學會觀看
真正的風景

她的咳嗽

吞嚥了幾個城市之後
許多文明的雜質
在她的肺葉裡流竄
大多數的白天與黑夜
她在錯誤的空氣中
練習不同的呼吸方式

後現代的肺部
末日的懸浮物質附著其上
在一些過敏時刻
她試著咳出時代的廢棄物

逐日陌生的支氣管
彌漫著都市腐敗的氣息
微量的死亡
卡在每日的深淵裡

密集咳嗽聲
讓她的生存變得很吵

但她始終無法咳出
那些曾經吞嚥過的城市

輯五

她和他的灰藍色

木質的記憶

午後三點二十分的項鍊
放置在灰藍色記憶裡
寂靜的木製語彙
無聲息地擱淺

不精準的鑰匙
無法對準時間的孔洞
她房間裡的真實
不容易被開啟

輕易撿拾之後再丟棄
是他們廉價的信仰
若無其事地刮壞一些
他人的昨日
再若無其事地愉悅著

他的兒童美術課

畫的嘴型一直是閉上的
不留給聲音任何縫隙
唇色總是黑白
他不曾在她開闊的嘴裡
聽見彩色的話語

也許，他想要一個
寧靜安全的媽媽

爸爸的畫像很模糊
始終描不出精準的輪廓
只記得那混濁眼神
但簡單純真的手
無法表現濁色的一切

將自己的腿畫得細長
他想，走快一點
方便躲藏
也方便離開家的範圍

他的全家福圖像
像某些暗黑系的街頭塗鴉
混亂糾結的線條
像他童年的每一筆

十二月的事件

是那一次的冬日
留下的篝火
還在她的房間燃燒著

黏稠的身影
像日記裡的魚骨頭
把紙頁刺破
讓字句難以連貫

影像是有刺的
路徑時常被虛設
吐出的謊言高度易燃
那些灰燼覆蓋在
他們熄滅的冬日上

不一定的居所

截然不同的遠方
沒有正確解答的地圖
闇黑新地標
聳立在她的居所

時光還在老舊相片裡
成為一張張的深淵
翻開都是懸崖
這次住處不易到達

她擁有的地址
只是一種可能的密碼
也許可以
解開永別的門

不正確的劇場

那一個夜晚是白的
超出邊界的一群魚，結伴
飛過不確定的天空

習慣分類的群眾
容易得到安全的日常
拒絕排列的少數
一路長得狹長且危險

他們餓的孤單
吞下麵包裡的時間
哀傷逐漸膨脹
然後正確地飄浮
離開那些不真實的地面

一片安靜的刺青

經歷過遠方的船
擱淺在肌膚上
超載的紀錄滲入皮下
留下深藍波紋

動脈色的錨，拋入
他三月的血液裡
無聲的墨沿著針眼
在闐寂身軀上定居下來

圖騰表情是溺水的
向皮膚底層丟出的救生圈
始終擱置在那裡
他的昨日一直沒有上岸

淋雨症候群

初夏雨聲是螺絲尖
將記憶刺成哀傷的島

她關上外面的全部
回到裡面的房間
把整個島嶼轉小聲
再把自己調成，靜音

拿出泛黃日記本
翻開那年的雨聲
她想仔細讀讀那些聲音

經歷過的回音
都在時間的盒子裡
逐日緘默 但是那夏天的雨
一直滂沱下著

在午後淋濕的一切
始終無法擰乾
之後的部分持續發霉著
這次，她真的想聽懂那年的雨聲

石梯灣速寫

夏日的微光爬在紙頁上
有些字語醒了過來
圍繞著你愛的石梯灣

太平洋的風
把窗簾晃動成灰紫色
像是你曾送過我的
那一種錯誤

石牆的水泥色
整個午後
時間在我的身上爬行

我最愛的也貢席勒
他的女人們
在畫框裡望著我們的夏日
紙張上的眼神
有一種遺忘連接著海
口出從海裡湧出來

我們最初的光
輕輕的
將東海岸的記憶打開

玫瑰拿鐵

沿著瓷杯裡的拉花
跟著記憶抵達
那個微甜的巷弄

五月咖啡廳
坐滿了陌生的眼神
幾瓣乾燥的愛情
浮在拿鐵咖啡的奶泡上

有人在解釋玫瑰的花語
那一種的語句
是容易乾掉的語彙
像她們短暫的保存期限

他把記憶的味道
倒進甜膩多變的咖啡裡
泛出的苦味
再一次緩緩地滲入
她們共同的五月

壞牙日記

是一種深處的刺
藏在瓷白的黑色孔穴裡
持續發炎的十二月
嘴裡那些新增的空洞
讓整個黎明與暗夜
不停地腫脹

幾根半毀損的神經
沿著下巴
竄入臉頰最底部
變成潛意識的一部分

疼痛是有根鬚的
不斷發芽
長出隱隱作痛的哲思

被抽掉各種知覺之後
只剩下無感的結構
重新試著咀嚼

失去酸痛的日常

填補過缺損的自己
是偽裝的完整
極容易碎裂那一種
無法用力咬合
曾經擁有過的全部

改版

他們共有的窗口
已經有了不同的版本
困在原版裡的人
還滯留在原地

容易變遷的那些人
他們通常不在意
風景是否為盜版的
體質輕薄的物種
便於漂流也便於離開

而堅持版本的那些
只能慢慢吞嚥
改版之後的窗景

獨角戲

曾經共用的居所
還繼續亮著
只剩下，微燙的
一個人的篝火

在舊有的交集地
長時間居留
扮演頑固的居住者

將僅有的角色
一分為二
在無法平衡的平衡桿上
不斷的修改自己

長期受潮的軀體
變成自說自話的火種
因為獨自燃燒
而終將安靜的熄滅

曾經

老家的鼓膜
曝曬在大埔的石屋旁
等待回音風乾
才能聽見舊日的聲響

在離島的郵局
郵寄一封
夏日的蟬聲
到你缺乏翅翼的城市

一起聽過的往日
經過長長的時間之後
已經變得空洞

最愛的母音
在外耳道裡蜿蜒前行
終將抵達
我們真正的內耳

114

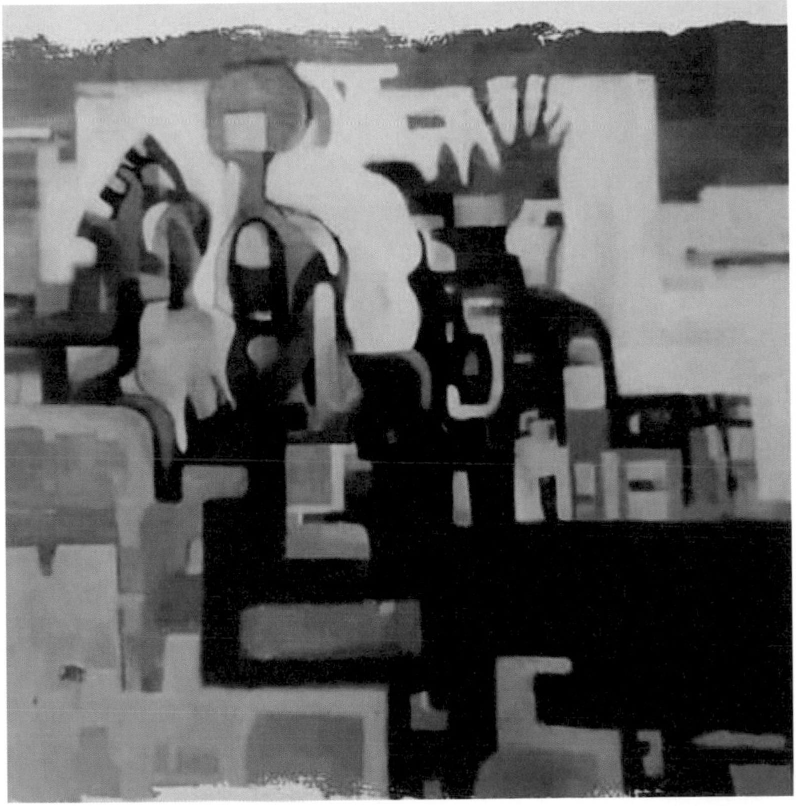

121

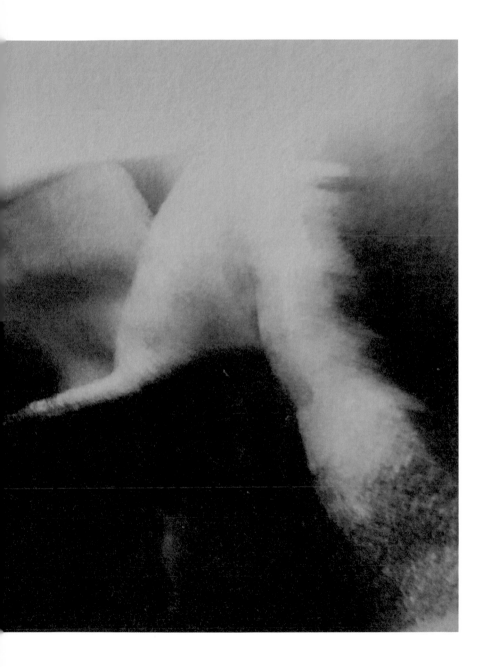

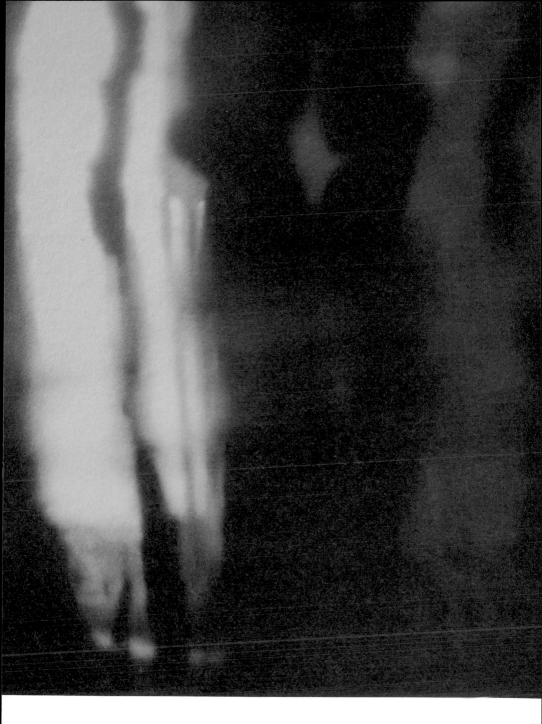

134

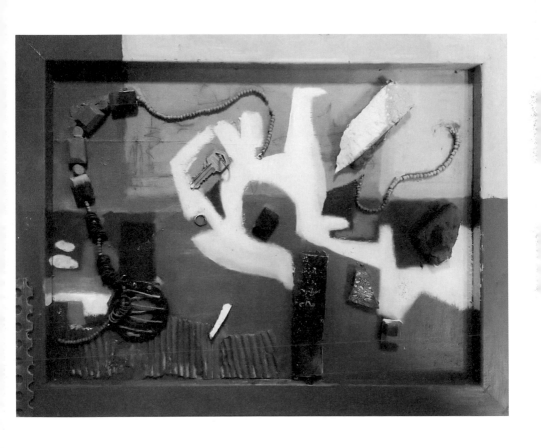

145

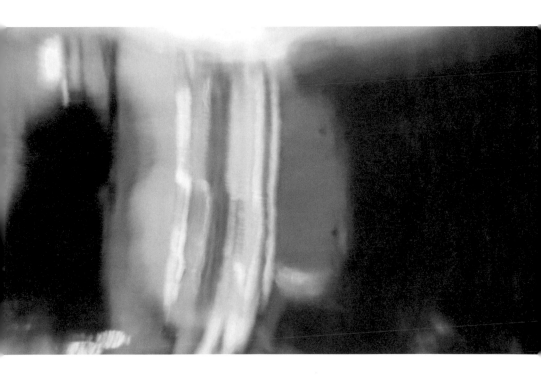

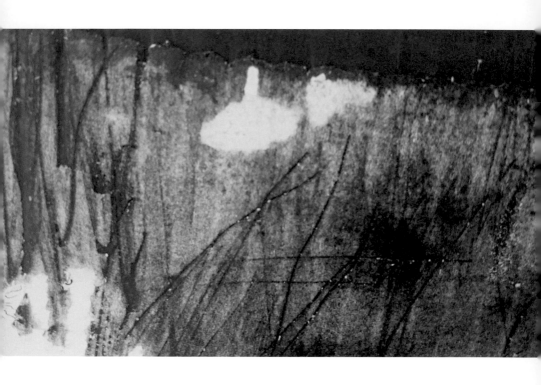

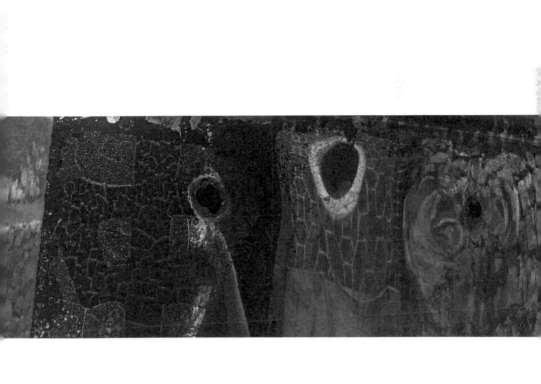

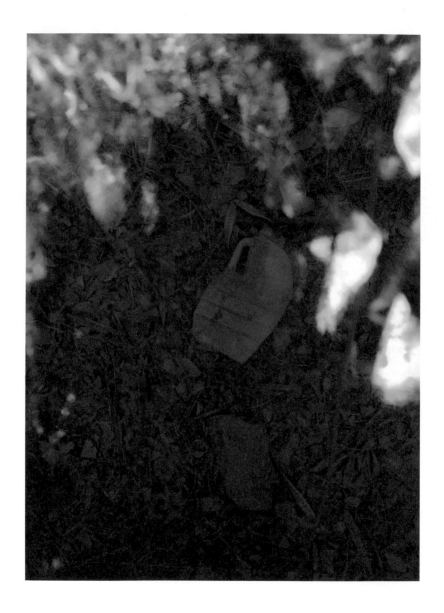

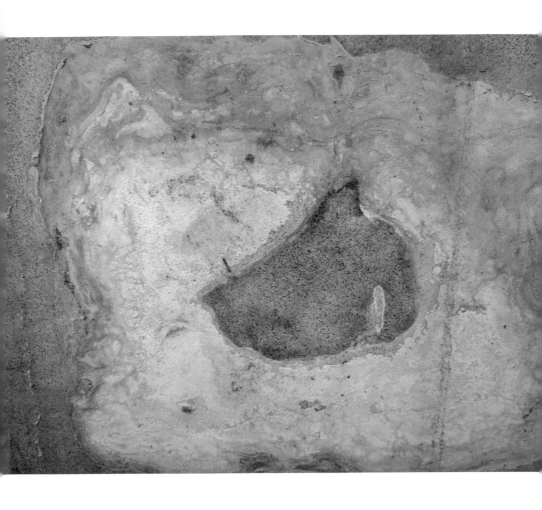

154

國家圖書館出版品預行編目（CIP）資料

一人份的島 / 劉梅玉著 . -- 初版 .
　　新北市 : 斑馬線出版社 , 2021.11
　　　面；　公分

　　ISBN 978-986-06863-7-1（平裝）

863.51　　　　　　　　　　　　110018148

一人份的島

作　　　者：劉梅玉
總 編 輯：施榮華

發 行 人：張仰賢
社　　　長：許　赫
出 版 者：斑馬線文庫有限公司
法律顧問：林仟雯律師

斑馬線文庫
通訊地址：234 新北市永和區民光街 20 巷 7 號 1 樓
連絡電話：0922542983
本書獲連江縣政府文化處出版補助

製版印刷：龍虎電腦排版股份有限公司
出版日期：2021 年 11 月
ISBN：978-986-06863-7-1
定　　　價：350 元